Sopa de ¡Guau!

Cuento escrito por Sherrie A. Madia, Ph.D.
Ilustraciones de Patrick Carlson
Traducido por Meg Ruthenburg

MommyDaughter Productions
Una division de Base Camp Communications, LLE
3 Woodstone Drive
Voorhees, NJ 08043

Búsquenos en Internet:
www.AlphabetWoof.com

Library of Congress Cataloging-in-Publication Data
Madia, Sherrie Ann.

Alphabet Woof! / Sherrie A Madia, Ph.D.; Illustrated by Patrick Carlson
Summary: One dog, a wish and some magical soup give a family a lot to talk about.
p. cm.

ISBN: 978-0-9826185-5-4

2010903066

Impreso en los Estados Unidos de América

10 9 8 7 6 5 4 3 2 1 Primera edición

Nota de la autora

Uno de mis más preciados recuerdos es verme arropando
a mis hijas a la hora de dormir, y luego esperando. No tardaba en escucharlas
reír y susurrar cuando deberían estar dormidas. Como era mi deber, les decía
desde la oficina: "¡Ya es hora de que estén tranquilas!". Lo que ellas no sabían
era que yo también me reía con ellas. Recuerdos como éstos son los que inspiran
nuestros cuentos. Esperamos que los encuentren tan divertidos de leer como
lo son de crear.

Inspirado por Anna Madia, 3 años de edad.
Para Anna y Emma,
que reconocen un buen cuento cuando lo escuchan.

En un día normal,
en un pueblo normal,
en una casa normal,
quizás como la tuya,
sucedió un día algo
verdaderamente extraordinario,
que nos hizo cambiar completamente
como veíamos un plato de sopa.

—Siéntate, Maxi, o nos meterás en problemas —dije preocupado de lo que diría mamá.

Era lunes y llovía. Teníamos una visita y eso significaba una cosa: nuestro almuerzo sería interesante.

Adorábamos a Alba, nuestra tía. ¿Era magia o misterio? Nadie lo sabía. Cada vez que nos servía, decía lo mismo.

—Esta comida puede cambiar tu vida completamente, si así lo deseas.

La sopa de ese día estaba exquisita. Era de letras, para ser preciso.
Alba puso el plato grande sobre la mesa y la cocina olió riquísimo.
El olfato de Maxi se agudizó. Puso las patas sobre la mesa para
olfatear mejor.
—¡Bájate, Maxi!
Me levanté.
Maxi se sentó.
Yo también
me senté.

Pero al moverme rápidamente, se me salió un zapato y ¡PLAF! volando fue a caer en la sopa.

—¡Ay, mi sopa! —protestó la tía Alba. El salero se cayó y comenzó a rodar.

El caldo y las letras fueron a dar al suelo.
Había letras P, M, S y A por todos lados ¡Era todo un festín
de letras! Maxi saltó entre el humo y
la sopa. Se dio a la tarea de lamer todo
el caldo y comerse todas las letras,
hasta que mamá llegó con un trapo.

Te ayudo, que también tengo parte de culpa —dijo Maxi mientras
se relamía.

—Ay, gracias —dijo mamá sonriéndole a Maxi.
Entonces, al darse cuenta
de quién había hablado,
comenzó a gritar.

—¡Aaaaaaaaaaaaaaaaaaaaaaaaaaaaaaaaaaaaaa! —gritó.

—¡Aaaaaaaaaaaaaaaaaaaaaaaaaaaaaaaaaaa! —gritó Maxi también.

La tía Alba se sintió mal y a la vez sorprendida, y al final se alegró.

—Fue mi sopa —dijo con orgullo—
¡Al fin lo logré! Una persona, o
un perro en este caso, pide un
deseo mientras toma
mi sopa y el deseo se
cumple cuando nadie
está mirando.

—¿Así que querías hablar? —le preguntó mamá a nuestro
sorprendido perro.

—Bueno, lo había pensado —dijo Maxi sentándose en el sofá—.
Puede que tome algún tiempo, pero siempre quise ser famoso.
Nadie se resistirá a un perro que habla.

—Ah, mi voz. Qué maravilla. Me hace cosquillas en la garganta
—dijo Maxi escuchando sus propias palabras—. ¿Me pueden dar
un poco de agua? Mamá le llevó su plato.
Bebió a lengüetazos. Luego, las cosas sucedieron así:

Maxi habló sin parar sobre esto y aquello, de cómo desenterró un
reloj y bailó con un gato. Mamá, la tía Alba y yo escuchamos
intrigados. ¿Quién diría que Maxi era tan interesante?

En medio del cuento, escuchamos una llave en la puerta. Papá había llegado. Ya eran las siete.

Mamá, tía, niño y perro se quedaron callados aunque estaban un poco nerviosos. Papá trabajaba duro para pagar las cuentas y casi nunca tenía tiempo para diversiones. Mamá rompió el silencio.

—¿Cómo te fue hoy, mi vida?

Maxi escuchaba estas palabras todos los días.

Ansioso por probarlas las repitió:

—Sí, ¿cómo te fue hoy, mi vida? —dijo sin pensarlo.
La mamá, la tía, el niño y el perro se quedaron boquiabiertos.

Papá se detuvo y negó con la cabeza.
—Serán las muchas horas de trabajo o la caída en el patio, pero creo que oí a Maxi decir algo. Dijo algo de verdad. No. No puede ser, él no puede hablar. Es
simplemente una locura.

Maxi no puede hablar, ¿cierto? —preguntó papá mirando a mamá.
—Si con hablar te refieres a "vamos a pasear", "bonita corbata" o "¿cómo está la abuela". Sí, sí puede hablar.

Papá calló por un momento y luego comenzó a hablar lentamente.

—Maxi. Repite lo que dijiste una vez más.

—Te refieres a "¿cómo te fue hoy, mi vida?" —preguntó
Maxi nervioso.

—Oh, es verdad. ¡Maxi, puedes
hablar! ¡Qué maravilloso!

Toda la familia estaba emocionada
porque Maxi hablaba. Querían seguir escuchándolo,
así que salieron a pasear.

Conversaban y se hacían cuentos mientras caminaban, y los vecinos los observaban.

La gente ya empezaba a congregarse tras la familia que continuaba caminando. ¡Todos estaban encantados de escuchar a Maxi hablar!

Maxi estaba emocionado y decía cosas como "¡qué linda camisa!" o "¡qué bello día!". Repetía dichos y frases que siempre había querido decir: "¡Tráeme las zapatillas!" y "See you later!".

Cuando regresaron, la mamá dijo:
—Es tarde. Es hora de dormir.
Pero Maxi no le hizo caso. Tenía muchas cosas más que decir.

Ya estábamos todos en nuestras camas y Maxi no paraba de hablar. Hablaba y hablaba y hablaba. Y seguía hablando.

—POR FAVOR, MAXI —grité—. No hables más. ¡Ni una palabra más! ¡Mañana tengo que ir a la escuela y tengo que dormir!

Pero Maxi habló y habló y habló sin parar. Habló sobre el césped y sobre lugares que le gustaría visitar como París, Venecia, el Gran Cañón y la playa y… eso le hizo recordar otros lugares favoritos como la escuela, el parque y el lugar donde las hormigas…

—¡Basta, Maxi! —dije finalmente—. ¡Tienes que callarte de una vez!

—Huy, lo siento —dijo Maxi en un susurro—. Es importante que duermas. Yo roeré este hueso.

Al fin la habitación estaba en silencio, pero mientras me estaba quedando dormido, Maxi comenzó otra vez:

—¿Sabes? Los huesos no serán ideales, pero sí que son deliciosos. ¿Son una buena comida…?

Los huesos dieron paso a otra sesión de conversación sobre collares, el cartero y sus juguetes preferidos para morder.

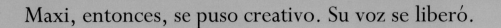

Maxi, entonces, se puso creativo. Su voz se liberó.

Habló rápido y lentamente. Probó gritar, cantar de diferentes maneras y cantar hasta el abecedario.

Habló de películas y de viajes en auto. Habló de correas y de su merienda favorita: ¡tocino!

Habló hasta que el sol brilló en el cielo. ¡Se pasó toda la noche hablando, hablando, HABLANDO!

Se había corrido la voz, de que Maxi hablaba. Estaba encantado
de dar entrevistas y no podíamos hacer nada. Rodeado de cámaras
y estaciones de noticias, ¡Maxi salió en televisión nacional! Recibía llamadas
de reporteros a todas horas y hasta sus admiradores le mandaban flores.

Mientras nos las arreglábamos para contestar las llamadas y las cartas, sonó
el teléfono. Maxi dijo: —¡Yo contesto!

En la   línea estaba un productor de TV que le habló a Maxi sobre
su idea para un programa de entrevistas en la televisión. Perfecto.
¿Quién podía negarse? Lo haríamos. ¿Qué podíamos perder?

El programa sería en vivo. Maxi pensó que era algo espectacular.

Hablaría con estrellas y ¡tendría una banda!

Pronto nos encontramos en un avión en ruta a Los Ángeles para grabar el primer programa de ¡MAXI!

Nuestras vidas cambiaron rápidamente. Teníamos fama, dinero, una mansión en Hollywood y comíamos en restaurantes elegantes. ¡Todo lo que habíamos soñado!

A Maxi le pusieron una secretaria que se llamaba Chiquita. Le cuidaba el pelo, le daba masajes y le arreglaba las citas en el spa.

Maxi posó para las mejores revistas. Crearon camisetas, peluches y ¡su propia línea de vaqueros!

Una vez, sentado en el vestidor, después de un tiempo llevando esa vida, Maxi suspiró y se quedó muy callado.

Papá le preguntó: —¿Qué te pasa, Maxi? ¿Te sientes bien?
—Sí. Me siento bien —dijo Maxi después de un rato—.
Es muy emocionante ser una estrella y tener un programa, pero
hablar ya no significa lo mismo para mí. Ahora sé que lo que
quería era mucho más que fama. No es
hablar lo que me ha hecho feliz. Es
poder hablar con mamá sobre el miedo
al baño o contarle a papá de mi amor
por las matemáticas. Es poder hablar
con las personas que más me quieren. Lo
prefiero a mi papel en la
televisión.

Mathemáticas para todos

JEANS MAXI

JEANS MAXI

—Quiero ir a mi casa y a mi patio.
Quiero volver a dar viajes en auto
y largos paseos con nuestros amigos.

—Si eso es lo que quieres —dijo
mamá—, se lo diré al productor.
Haremos las maletas y nos iremos.

Llegamos a casa muy tarde en la noche y allí estaba la tía Alba para abrirnos la puerta.

—¡Bienvenidos a casa! —exclamó con los brazos en alto—. Maxi, ¡seguramente tienes muchas cosas que contar!

Maxi levantó la vista y dijo con una sonrisa soñolienta:
—Les sorprenderá, pero ahora que estoy de vuelta en casa, no tengo nada, pero NADA en absoluto que decir.

En un día normal,
en un pueblo normal,
en una casa normal,
quizás como la tuya,
un día puede suceder algo verdaderamente extraordinario,
que te hará cambiar, completamente, como ves un plato de sopa.

Sobre la autora

Sherrie A. Madia, Ph.D. es educadora, autora y asesora de comunicaciones. Es Directora de Comunicaciones en la Escuela Wharton de la Universidad de Pensilvania y acaba de terminar su último libro sobre las comunicaciones, titulado *The Social Media Survival Guide.* Sin embargo, su trabajo más importante es el de mamá. Sus hijas Emma (14 años) y Anna (12 años) le recuerdan todos los días lo que es realmente importante.

Sobre el ilustrador

Patrick Carlson es caricaturista e ilustrador independiente. Con más de 20 años de experiencia, ha creado caricaturas e ilustraciones para individuos y negocios en todo el mundo. Vive en Valdosta, Georgia, con su esposa Jennifer y sus hijos gemelos Alex y Ben.

Sobre la traductora

Meg Ruthenburg es traductora y editora. Vive en Filadelfia con su esposo David y con su hijo de 3 años, Matías.